Título
"El Ratón Pérez
va a la luna"

Autora del cuento:
Gloria Baena

**Ilustraciones y
diagramación:**
Susana Velasco G.

"Sarita:

Me inspiras en mis cuentos y en mi vida día a día. Gracias por darnos tu LUZ a la familia."

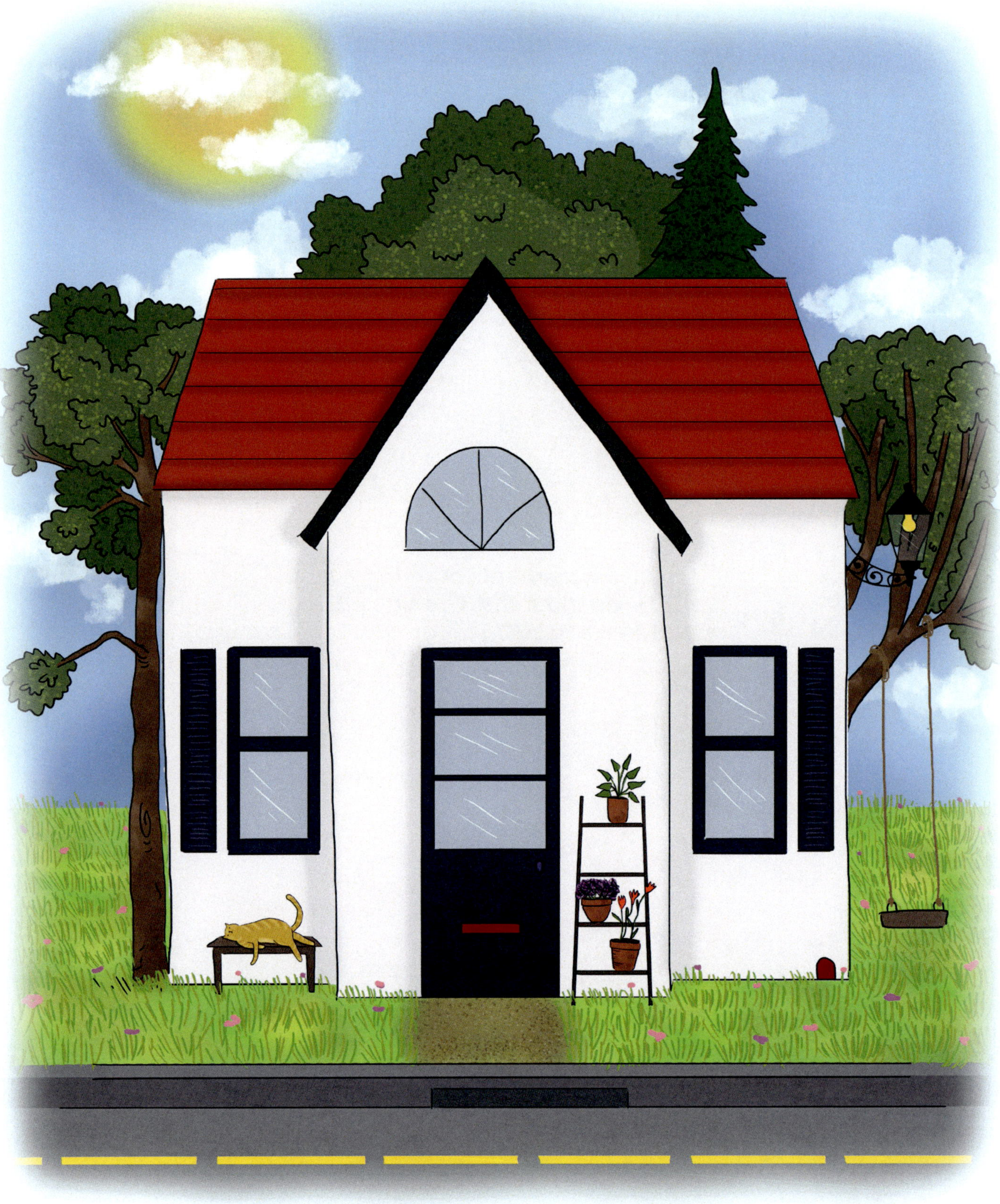

El Ratón Pérez va a la luna

El ratón Pérez vivía con su familia en una casa muy grande, era la casa de la familia García.

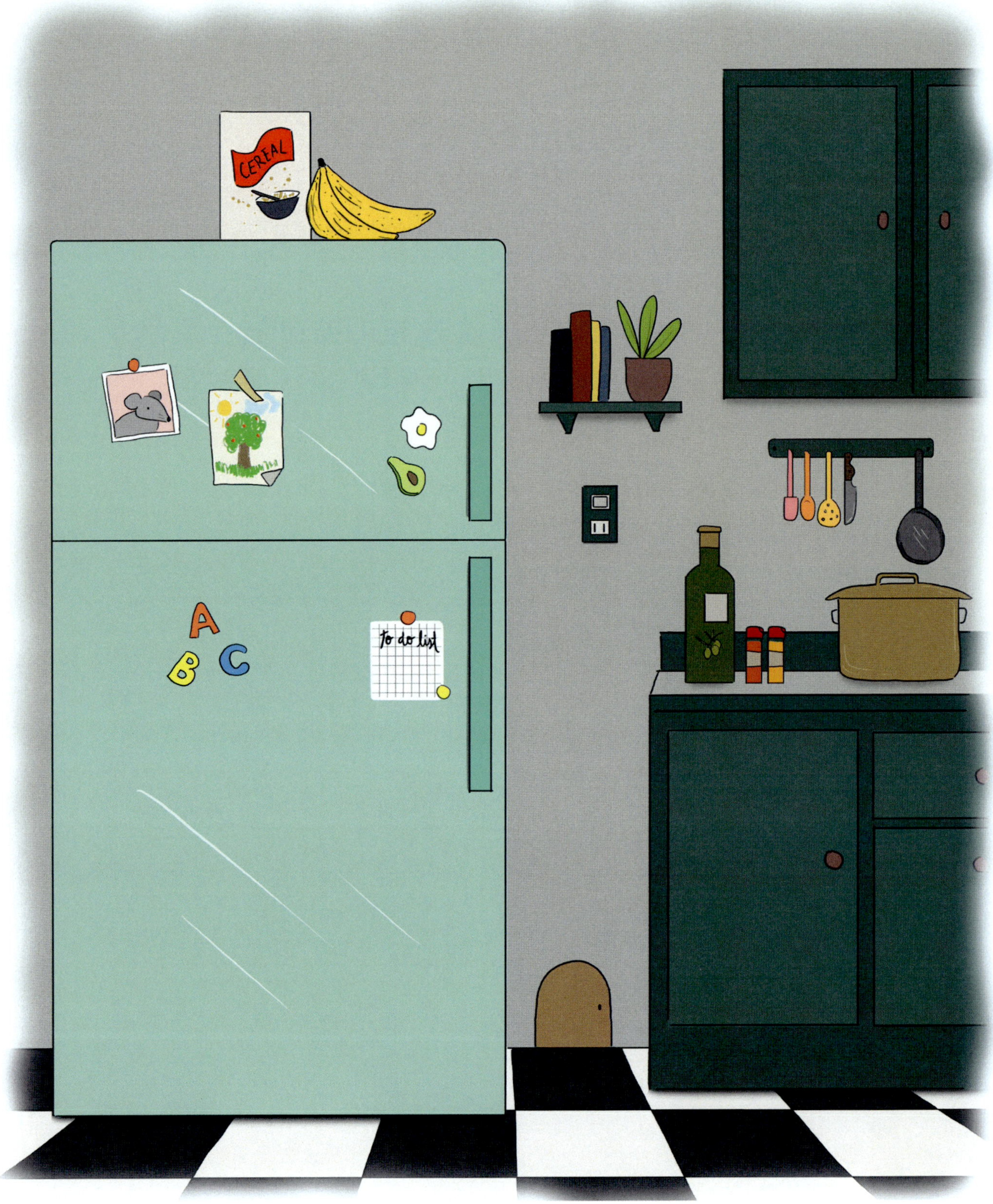
CEREAL
A
B
C
to do list

El ratón Pérez vivía en un pequeño agujero que había en la cocina.

El ratoncito se sentaba en la pequeña silla de su cueva a comer queso con su mamá y a escuchar lo que hablaba la familia García.

Mientras disfrutaban de un delicioso desayuno: huevos, café con leche, tostadas con mermelada y mantequilla,

Sara dio un mordisco a la tostada y el dientecito que estaba muy flojo se le soltó y le salió sangre. Sara dijo con un poco de miedo:

- Se me cayó mi diente.

No te preocupes- le dijeron sus papás- esto le sucede a todos los niños de tu edad. Luego les saldrán los dientes que durarán para siempre. Por ahora, el ratón Pérez se encargará de tu dientecito.

- ¿Y por qué hace esto el ratón Pérez?- dijo Sara.

La mamá contestó:

- Él lo guarda, pero no sabemos porqué.

11

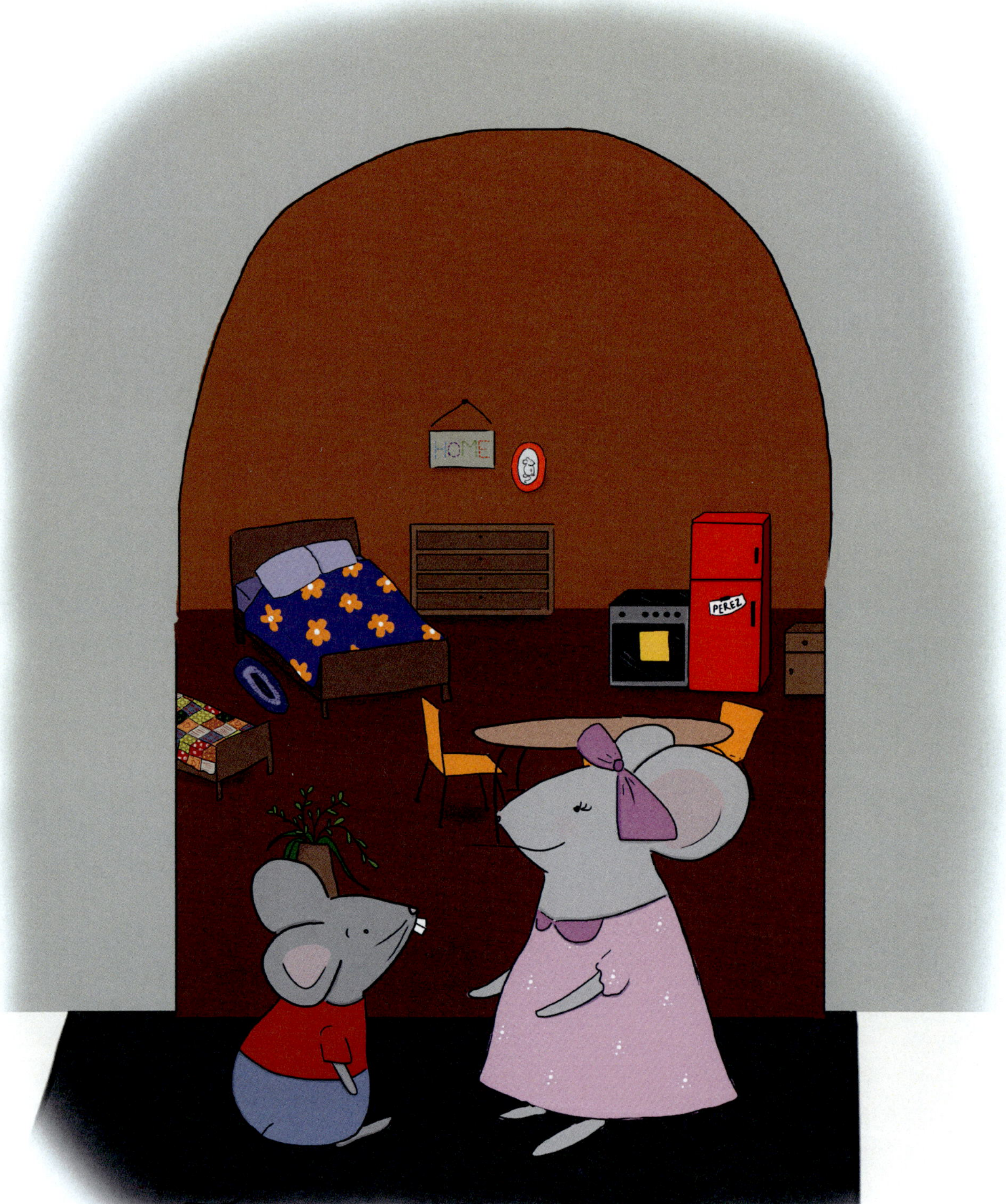
HOME
PÉREZ

En ese momento, el ratón Pérez que estaba escuchando en su cueva, saltó de su asiento y dijo:

¿La señora García sabe que yo vivo aquí en su propia casa?

La mamá del ratón Pérez le contestó:

- No hijito, nosotros vivimos aquí, pero ellos no lo saben.

- Entonces, ¿Cómo saben los humanos de nuestra existencia?

- Desde hace muchos años nuestros tatarabuelos recogían todos los dientes del mundo. Esa es la tradición que ha permanecido hasta nuestros días.
- ¿Entonces qué debo hacer?- dijo ansioso el ratón Pérez.

- Esta noche cuando todos estén dormidos, tienes la responsabilidad de subir en silencio a la habitación de Sara y recoger el diente.

- Esta bien mamá, eso haré.

Pasó la mañana, la tarde y llegó la noche. Todo estaba oscuro y en mucho silencio.

El ratoncito Pérez subió lentamente, miró para todos lados asegurándose de que nadie lo viera y entró a la alcoba de Sara.

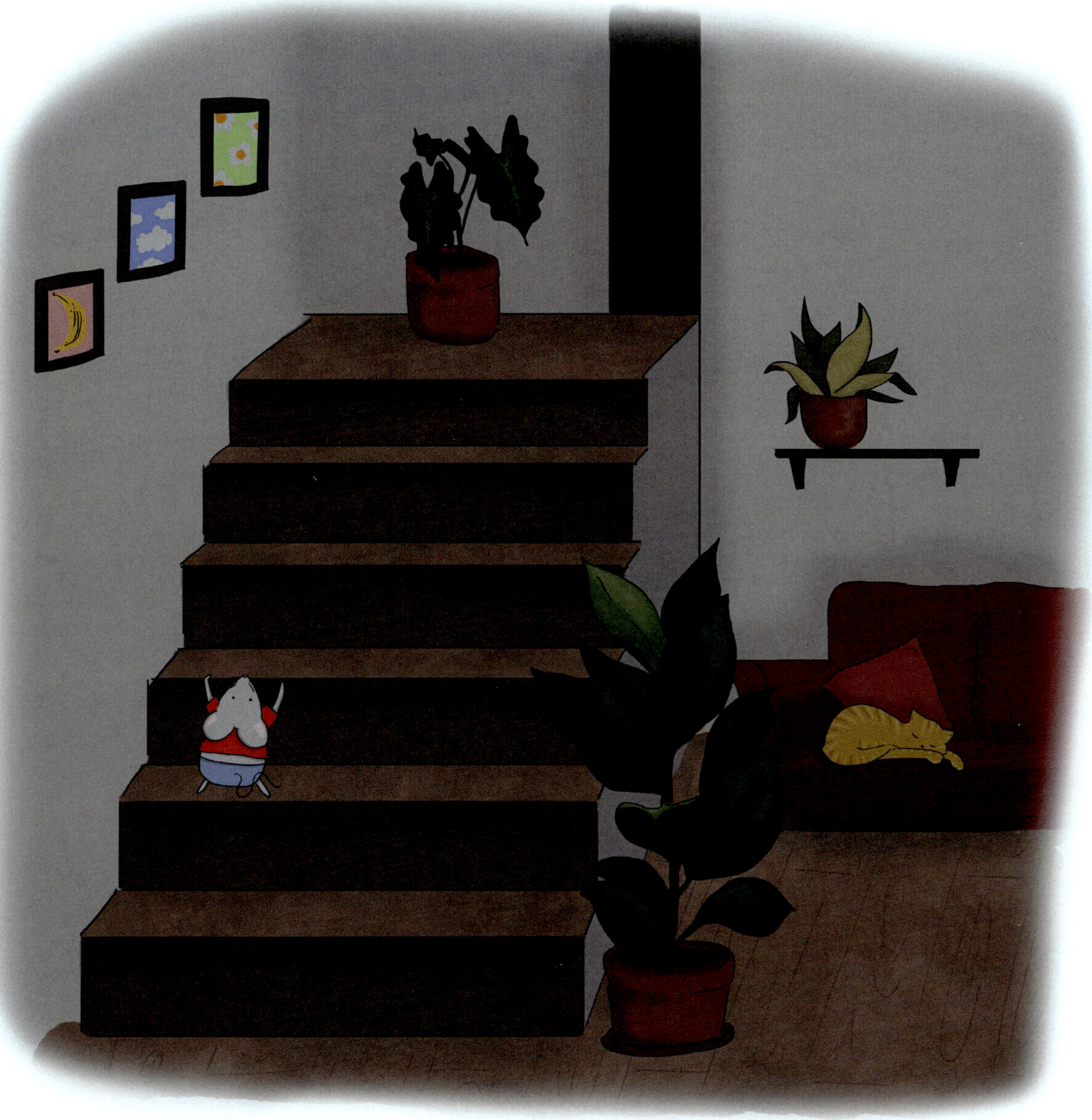

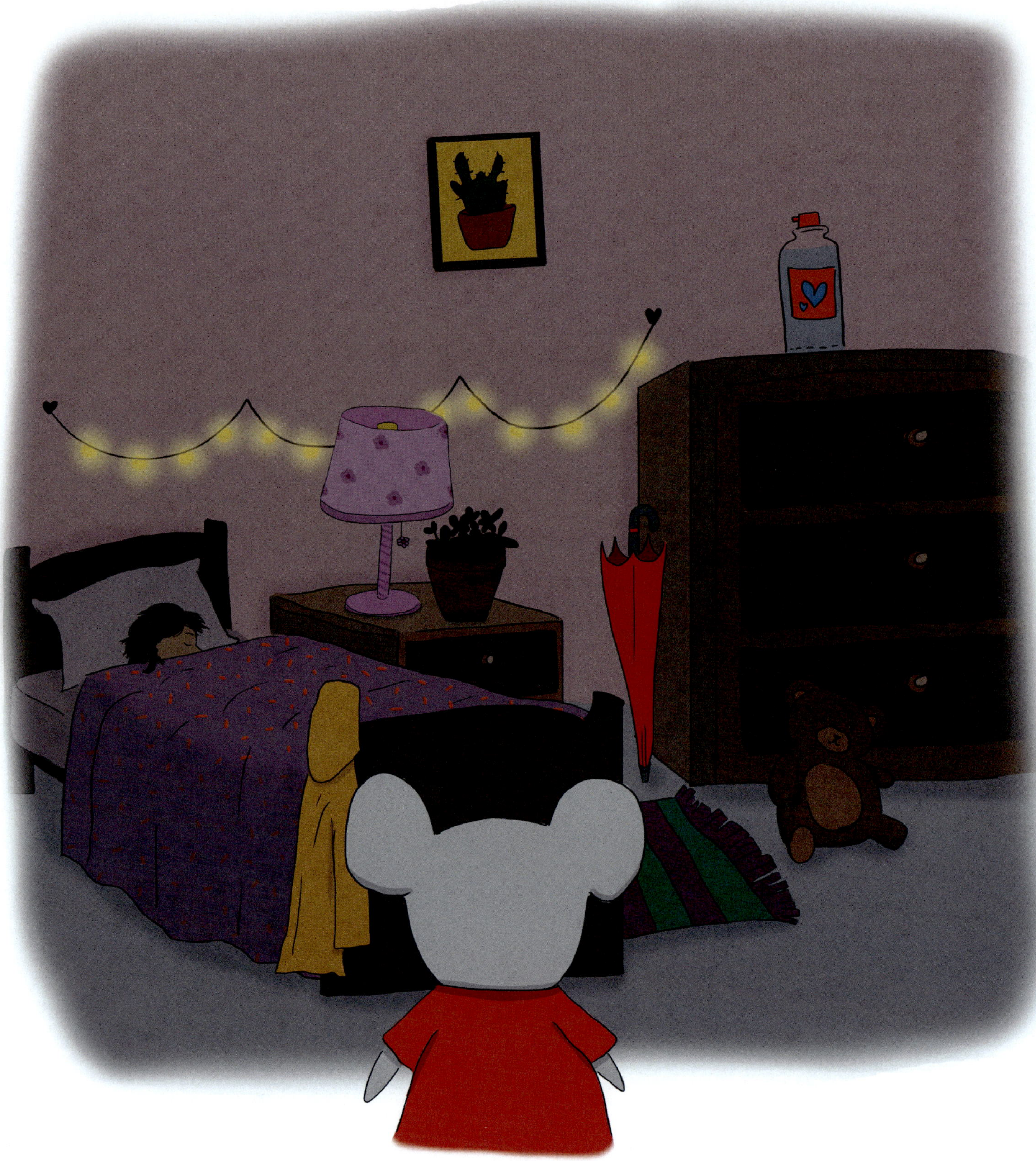

La cama de Sara era alta y de una fina madera. El ratón Pérez, muy valiente, comenzó a subir por la pata de la cama. Vio que Sara tenía los ojos cerrados.

El ratón Pérez pensó:

Es el momento, cogeré el diente y le dejaré este lindo regalo bajo la almohada.

Cuando el ratoncito se metió debajo de la almohada, Sara abrió los ojos, se levantó y con sus manitos atrapó al ratón.

- Por favor déjame ir, no me hagas daño, te lo ruego- dijo el ratón Pérez.

- No grites pequeño ratón. Haz silencio que si despiertan mis papás te aplastarán en seguida!

- No gritaré si tu no me haces daño!- siguió diciendo el ratoncito.

- Prometido, tan sólo cálmate. Si te suelto no salgas a correr- le dijo la niña- solo quiero hablar contigo.

- Listo! Trato hecho!- contestó el ratón.

Sara encendió la luz de su pequeña lámpara rosada y el ratón Pérez y ella se pusieron a conversar.

- Quiero saber si tú eres el ratón Pérez o un ratón ladrón.

- No Sarita, no soy ningún ladrón. Yo soy el ratón Pérez, si quieres te muestro mi identificación.

- Tan chistoso que eres tú ratón. Y eres bastante muelón.

- ¿Te parece? Yo me siento muy elegantón!

- Ratón Pérez, cuéntame tu secreto: ¿Por qué tú y tu familia se llevan los dientes de los niños?- dijo Sara.

- Si te cuento nuestro secreto... ¿no te reirás?- agregó el ratón Pérez.

- Claro que no!!!- respondió Sara.

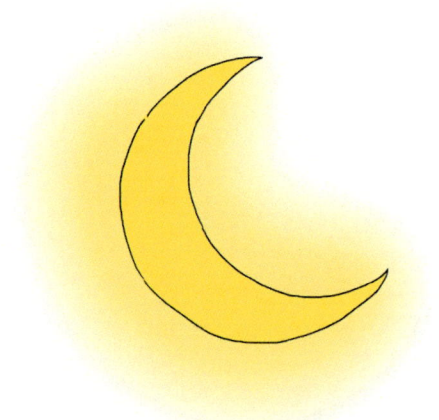

Hace muchos, pero muchos años los ratones de mi familia han guardado los dientes de todos los niños del mundo para hacer una inmensa escalera que fuera tan grande y tan alta que pudiera llegar hasta el cielo...

El ratón Pérez continuó:

Y claro, entre más niños vivieran más larga la escalera. Y así pegando diente por diente, llegaremos hasta la luna, porque nosotros los ratoncitos sabemos que la luna es un queso gigante, y entre todos nos la vamos a comer!!

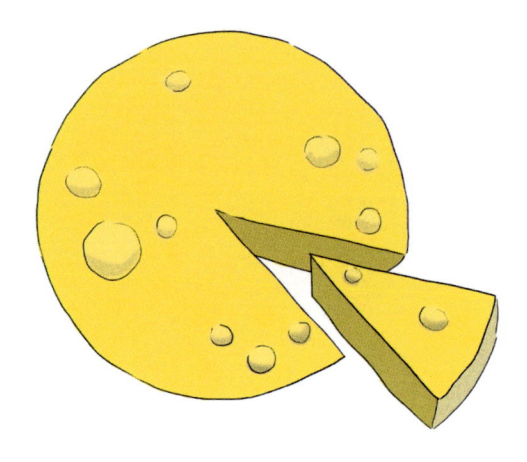

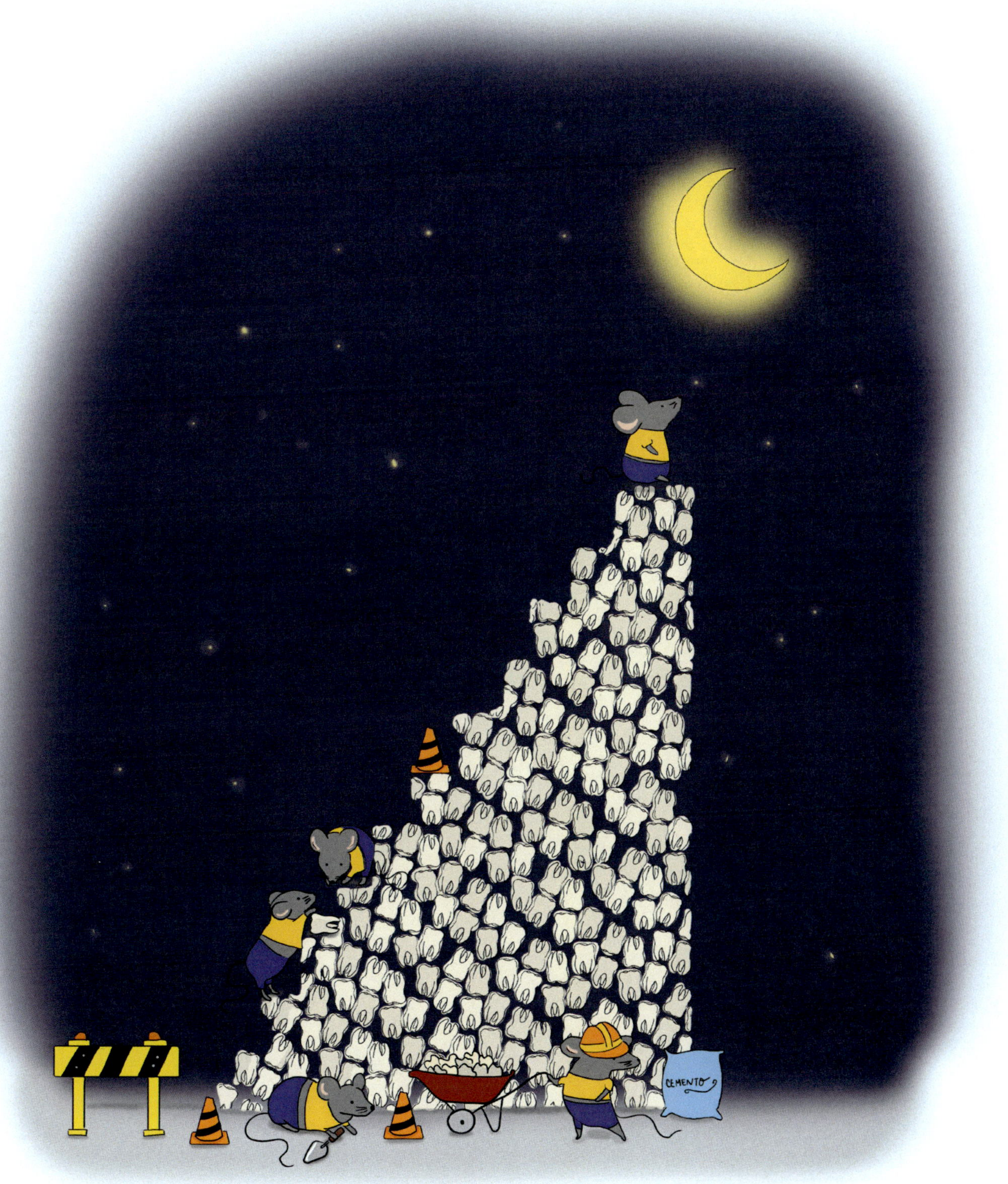
CEMENTO

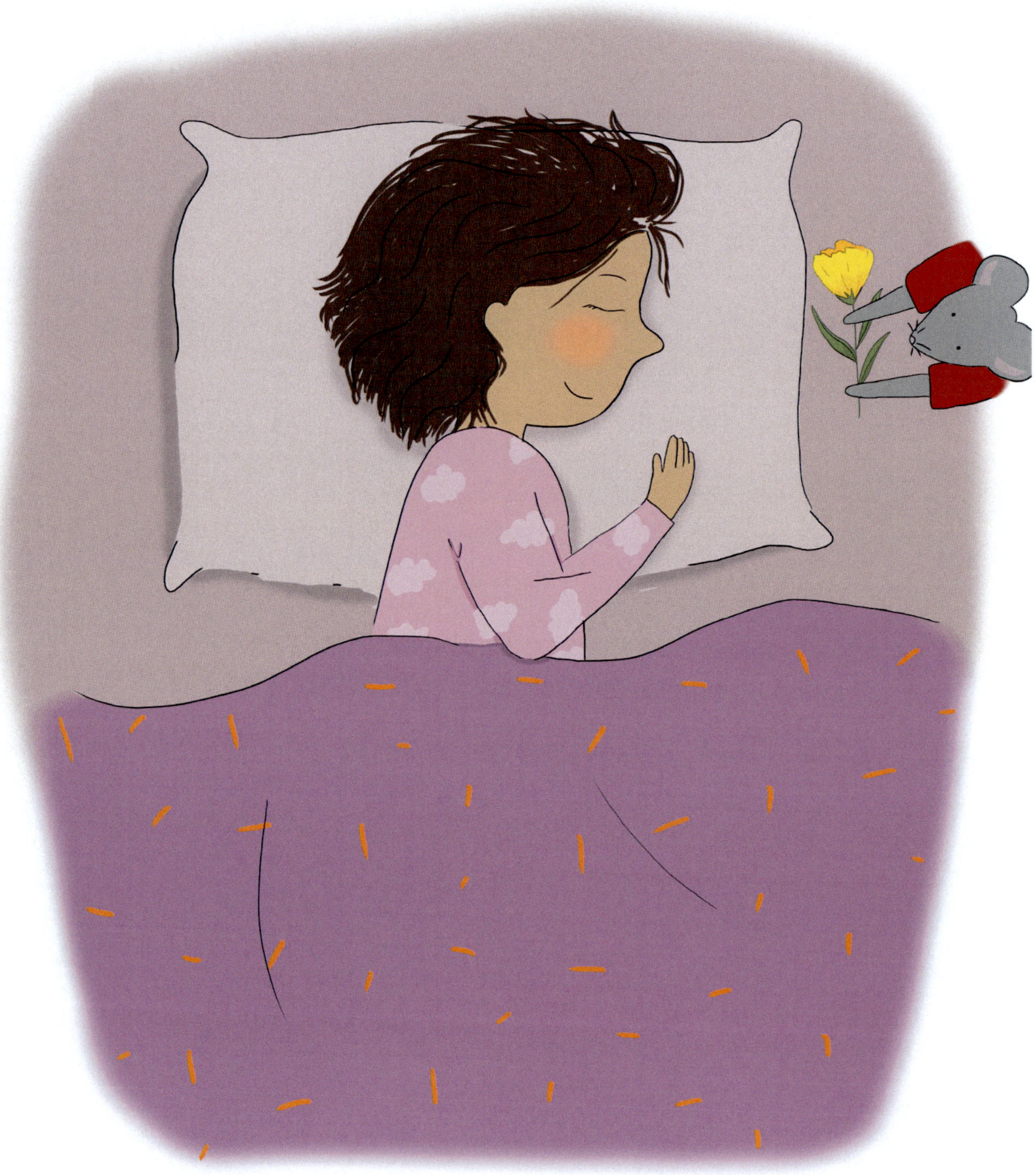

Cuando el ratoncito Pérez terminó de contar su historia. Sara se había quedado profundamente dormida.

El ratoncito cogió el diente y le dejó debajo de la almohada una flor.

Al día siguiente Sara se despertó y lo primero que hizo fue mirar debajo de su almohada.

Sara vio que en vez del dientecito había una hermosa flor.

En ese momento recordó la historia que el ratón Pérez le había contado y se preguntó:

¿Será que esto fue solamente un sueño?.

FIN

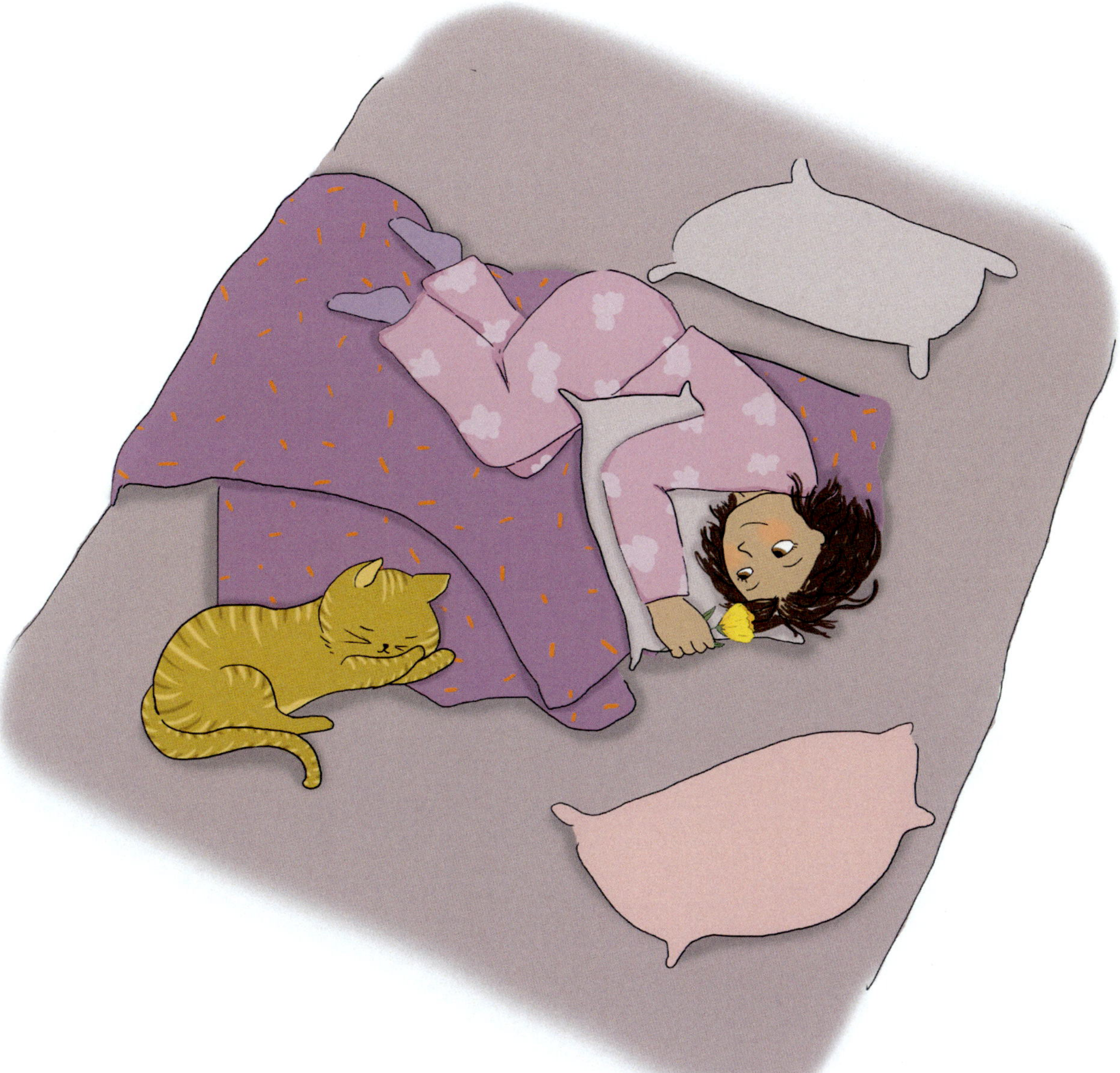

Made in the USA
Middletown, DE
27 January 2024